Ce qui tue l'homme,
c'est ce qui sort de sa bouche

T0329437

Emmanuel Matateyou

Langaa Research & Publishing CIG
Mankon, Bamenda

Publisher
Langaa RPCIG
Langaa Research & Publishing Common Initiative Group
P.O. Box 902 Mankon
Bamenda
North West Region
Cameroon
Langaagrp@gmail.com
www.langaa-rpcig.net

Distributed in and outside N. America by African Books Collective
orders@africanbookscollective.com
www.africanbookcollective.com

ISBN: 9956-727-52-0

DISCLAIMER
All views expressed in this publication are those of the author and do
not necessarily reflect the views of Langaa RPCIG.

Table des matières

I
Ngo Ntamack et la vipère

Dans un village bassa du Cameroun appelé Makak vivait un jeune couple : le mari avait pour nom Mboa et la femme Ngo Ntamack.

Ils n'avaient pas d'enfants. La tradition de ce peuple voulait que toute femme qui n'a pas encore accouché s'abstienne de consommer de la viande de vipère de peur de donner naissance à un enfant-serpent. Malheur donc à qui n'obéirait pas à cette coutume.

Chaque fois que Mboa ramenait une vipère de chasse, son épouse la préparait avec adresse et servait son époux et ses amis, qui s'en empiffraient avec joie.

Elle n'y goûtait jamais. Assise dans sa cuisine, elle observait avec quelque envie l'absorption des gros morceaux de vipère par ses convives qui se léchaient les doigts après chaque plongée dans le plat qui contenait les victuailles.

« Cette nourriture doit être bien appétissante, se disait Ngo Ntamack intérieurement. Dommage que je ne puisse y goûter.»

Un an plus tard, elle tomba enceinte. A trois mois de grossesse, elle avait changé et était plus que séduisante. Son mari l'aimait plus qu'avant et faisait tout pour qu'elle ne manque de rien. Un jour, il revint de chasse comme à l'accoutumée et demanda à son épouse de lui préparer une grosse vipère qu'il avait attrapée par l'un de ses pièges.

Ngo Ntamack rassembla tous les ingrédients nécessaires et se mit à l'œuvre. Pendant qu'elle s'activait dans sa cuisine derrière la maison, un singe, assis sur la branche du safoutier qui était non loin de là, l'observait. Ngo Ntamack, de son côté, était en proie à plusieurs tiraillements intérieurs.

« Je vais goûter cette viande aujourd'hui. Je vais en prendre juste un peu… Si ce n'est pas excessif je crois que cela ne me fera rien. Non, il ne faut pas que je mange … parce que la tradition dit que je risque d'accoucher… Non, mais si je n'en prends qu'un morceau… »

Aussitôt dit, elle prit un morceau de la vipère et au moment où elle s'apprêtait à l'enfoncer dans sa bouche, le Singe lui dit :

-Non ne fais pas ça, femme ! lui dit-il.

-Et pourquoi donc?

-Tu sais que la tradition te l'interdit... En plus, tu es enceinte en ce moment...

-Mais je veux juste en goûter un peu. En plus, ce n'est pas un petit morceau qui transformera mon enfant…

-Non, mon amie, c'est pour le bien de ton enfant...

-Tu as raison, mon ami le Singe, et merci pour ton conseil.

Et le Singe s'en fut. Plusieurs semaines après cet incident, au moment où Ngo Ntamack était presqu'à terme, son mari lui fit encore la demande de lui préparer une vipère. Ngo Ntamack, qui était une épouse obéissante, se mit à faire cuire le reptile.

Une autre vipère qui en avait marre de voir Mboa décimer ses frères décida de les venger. Elle s'approcha de Ngo Ntamack et lui dit :

-Je te salue, belle dame !

-Mais que fais-tu ici ? Si mon mari te trouve là, tu vas finir dans cette marmite, lui fit observer Ngo Ntamack.

-Oui, mais il faut que je te dise quelque chose avant de m'en aller. J'ai une révélation à te faire…

-Quoi ?

-Oui ! Je dois te dire un secret que tu dois garder pour toi seule.

-C'est quoi donc?

-Ecoute bien. Vos maris, dans ce village Makak, sont égoïstes. Oui ! Ils ne veulent que le bonheur des hommes. Les meilleures choses, ils les réservent pour eux. S'ils interdisent la consommation de la viande de vipère aux femmes, c'est parce que les vipères de mon espèce sont très délicieuses. Goûte un morceau et tu m'en donneras des nouvelles !

-Mais la tradition …

-Bonne femme, je t'ai tout dit. C'est une tradition stupide. Et vous autres, femmes de ce village, êtes naïves. C'est un secret... Je m'en vais.

Et la vipère s'en fut.

Ngo Ntamack, qui était sur le point de servir de la vipère dans le gros plat traditionnel revint sur les propos de son interlocuteur. Et si c'était vrai ?

Après mûre réflexion, elle en prit un morceau qu'elle dégusta. Son mari n'était au courant de rien.

Une semaine plus tard, elle donna naissance à un enfant-serpent.

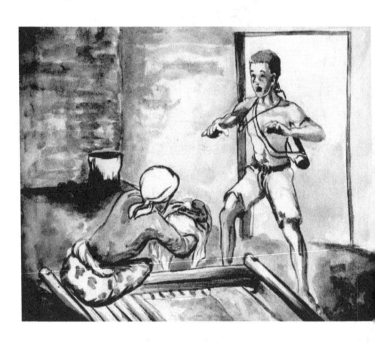

Son mari fondit en larmes et se mit à maudire le ciel pour ce malheur qui lui était arrivé.

Ngo Ntamack, qui connaissait la vraie cause de cette tragédie, se rendit très tôt un matin dans un bosquet où on la retrouva, quelque temps après, pendue à la branche d'un kolatier.

Ngo Ntamack, en se pendant, apprit à ses dépens, mais trop tard, que les traditions doivent être respectées d'une part et qu'elle fut trompée par la vipère qui voulait venger son espèce qui était en voie de disparition.

Ce qui tue l'homme, c'est ce qui sort de sa bouche

Ezaboto vivait seul parce qu'il venait de perdre son père qui était un grand chasseur du village de Nkilzok. La chasse lui procurait les ressources essentielles pour sa vie. Mais il lui arriva quelques difficultés dues au fait que ses pièges ne lui donnaient plus de quoi vivre. Chaque fois qu'il allait visiter ses pièges et rentrait bredouille, en cours de route, il rencontrait les Anon-l'oiselet et Assen-l'écureuil qui se moquaient de lui.

Des mois passèrent. Alors qu'il était envahi par le découragement, il fit la rencontre d'Ekokolo, un crâne qui parlait. Ezaboto eut peur.

« Un crâne qui parle ! s'exclama-t-il.

-Oui, cela t'étonne ? demanda Ekokolo.

-Depuis que je suis né de mon père, je n'ai jamais vu un crâne qui parle, répondit Ezaboto.

-En effet je ne suis pas là pour t'étonner. C'est parce que tu me fais pitié que je suis venu t'aider à réussir dans tes activités de chasse. Mais comme vous les hommes vous ne tenez jamais votre langue, tout dépendra de toi, car ce qui tue un homme, c'est ce qui sort de sa bouche. Je ferai que tes pièges soient bien garnis chaque jour, à condition que tu m'apportes un sac de riz et jures de tenir ta langue.

-Si vraiment tu veux m'aider, j'accepte tout ce que tu as dit. Je le respecterai. Je le jure. Tu as ma parole, déclara Ezaboto.

-Jure bien, mais demain tu oublieras tout ce que tu viens de me dire, lui répondit Ekokolo en le fixant dans les yeux.

-Je ne te mens pas.

Le lendemain matin, Ezaboto s'en fut visiter ses pièges. Quelle surprise ! Il n'en croyait pas ses yeux. Chaque piège avait pris au moins un gibier. Les gens, au village, étaient étonnés.

En guise de reconnaissance, le premier jour dès son retour de chasse, Ezaboto alla remettre à Ekokolo un sac de riz, comme promis. Chaque jour il ramenait du gibier au village qu'il vendait. Très vite sa condition changea.

Malheureusement ce succès fit oublier à Ezaboto ses engagements auprès d'Ekokolo. Des semaines passèrent et Ekokolo attendait toujours qu'Ezaboto se manifeste. Mais à sa grande surprise, il n'y eut rien du tout.

Ezaboto était heureux et vivait une vie de bombance. Un jour, au cours d'une conversation avec ses amis, l'un d'eux lui demanda quel était son secret. Comme il avait bu quelques calebasses de vin de palme, il livra Ekokolo. Tout le village sut alors que le crâne nommé Ekokolo parlait et faisait des miracles.

Le roi de ce village, nommé Mbemot, s'intéressa à l'affaire, lui qui voulait détourner en sa faveur cette source de pouvoir. S'il pouvait entrer en possession de ce crâne, alors il serait le roi le plus riche et le plus puissant. Mais il fallait vérifier si cette information était fondée.

On fit venir Ezaboto.

Le roi lui demanda s'il avait un crâne qui parle. Ezaboto répondit par l'affirmative. On lui demanda de le prouver, sinon il mourrait par pendaison.

Ezaboto se rendit dans la forêt, à la recherche d'Ekokolo qu'il trouva rapidement.

-Tu m'as oublié mon ami. Tu ne m'apportes plus de riz ?

-Je viendrai te donner autant de sacs de riz que tu veux. Mais pour l'instant, il faut que nous allions au village, afin que je prouve au roi que tu parles. Sinon il me tuera.

-Voilà. Tu n'a s pas tenu parole. Je t'avais prévenu. Tu n'as pas maîtrisé ta langue. Et tu veux que je t'aide ? Non. Je ne peux pas.

Arrivés au village, le roi demanda à Ezaboto de faire parler le crâne.

Ezaboto supplia Ekokolo. Rien. Il se mit à pleurer, croyant que ses larmes pourraient émouvoir le crâne. Rien.

Alors le chef, tout furieux, demanda à ce que l'imposteur d'Ezaboto soit exécuté.

Entendant cela, Ekokolo souffla à Ezaboto des paroles qu'il fut seul à entendre parce que la meute bruissait :

« Je t'avais dit que ce qui tue un homme, c'est ce qui sort de sa bouche. »

III

Kenmogne et la rivière enchantée

Il était une fois à Jebem, un village en pays bamiléké, une famille de dix enfants, composée de huit filles et deux garçons. Le benjamin s'appelait Kamdem.

A sa naissance, on lui offrit un cabri qui venait de naître, lui aussi. Ces deux êtres vécurent en parfaite harmonie dans la concession jusqu'à la mort de Sop Tagne, le notable chef de cette grande famille.

Kamdem, à la mort de son père, avait cinq ans. Sa mère Magne, un jour, les appela tous et déclara :

-Mes enfants, voici ce que j'ai à vous dire. Kenmogne et Kamdem, vous êtes mes plus jeunes enfants et devez du respect à vos aînés. Vous leur devez obéissance et respect en tout lieu et en tout temps.

-Mâ, pourquoi tu nous parles ainsi aujourd'hui? Tu as toujours veillé sur nous et nous sommes fiers de toi, Mâ. Mais qu'est-ce qu'il y a ? demanda Kamdem.

-Je vous ai dit que vous devez faire ce que je vous ai dit. Je n'en ai plus pour longtemps.

-Mâ, ne nous laisse pas. Mâ !

-Mon fils, je serai toujours là pour vous assister. Je vais dans un autre monde, où je vivrai aux côtés de Si, notre Dieu. Kenmogne, je te confie ton petit frère. Prends bien soin de lui. Veille sur lui et ne va jamais à la rivière avec lui. As-tu compris ?

-Oui, Mâ !

Sur ces paroles, elle rendit l'âme.

Après les funérailles, la vie reprit son cours à Jebem, dans la concession de Sop Tagne qui était désormais dirigée par le fils aîné, Kenmogne.

Un jour, au moment où les oiseaux se cherchent une dernière pitance pour la journée, Kenmogne invita son petit-frère Kamdem à la rivière.

-Prends un seau et accompagne-moi à la rivière, lui dit-il.

Très surpris par cette injonction de son aîné, Kamdem se posa plusieurs questions. Il se souvint des dernières paroles de leur maman et se demanda s'il fallait passer outre cet ordre de son aîné. Mais il se rappela aussi qu'il devait obéissance à celui-ci. Alors il prit la décision de faire la volonté de son aîné.

Les autres enfants n'étaient pas encore rentrés des champs. La concession était vide. Les deux frères se mirent en route, l'aîné précédant le cadet.

Chemin faisant, Kenmogne fut interpellé au premier carrefour par un oiseau qui lui demanda :

-Mon fils, où vas-tu ainsi avec ton jeune frère ? Ce chemin n'est pas bon.

-Ah ! Tais-toi ! Oiseau de misère, ôte-toi de mon chemin. Je n'ai rien à faire avec toi, lui répondit Kenmogne.

Et ils continuèrent leur route. Arrivés devant un talus, ils virent une poule perchée sur un rocher qui lui tint le même langage.

- Mon fils Kenmogne, ce chemin que tu as emprunté n'est pas bien. Il t'apportera un malheur.

-Quitte de ma route, lui répondit Kenmogne en menaçant. Tu n'es pas ma mère. Qui t'autorise à me parler ainsi ?

Et il continua sa route. Plus loin, il rencontra le Singe et la Tortue qui lui tinrent le même langage. Mais il opposa un refus catégorique à toutes leurs recommandations.

Arrivé à la rivière, il demanda à Kamdem de puiser de l'eau. Toujours obéissant, son petit frère prit son seau et se courba pour recueillir l'eau de la rivière. Dès qu'il fut en contact avec l'eau, il se transforma en une grosse grenouille.

Kenmogne prit peur et cria. Il mit ses mains sur la tête et commença à chercher un secours autour de lui.

C'est à ce moment-là que sa mère apparut.

-Kenmogne, que t'ai-je dit avant de partir de ce monde ? Tu as désobéi et tu seras puni.

Ainsi fut dit, ainsi fut fait. Kenmogne perdit l'usage de la parole et devint muet, jusqu'à sa mort.

Le cabri, qui était devenu très grand, un jour, se retrouva au bord de la rivière où Kamdem qui était devenue une grenouille vivait avec les autres animaux aquatiques.

La rencontre des deux amis fut très pathétique. Kamdem-la-grenouille raconta toute sa mésaventure à la chèvre qui lui offrit une herbe magique qui avait la vertu de transformer les êtres.

C'est ainsi que Kamdem grâce à cette chèvre avec qui il avait passé les premières années de son existence redevint un humain. Il vécut longtemps à Jebem et eut une vie prospère.

IV
La montagne des pierres

D ans un village ewondo appelé Nkolngoak - qui signifie « la montagne des pierres » - vivaient Mengue, une jeune infirme unijambiste et son oncle Mballa Meyoh.

Mengue était d'une beauté divine.

A cause des chiques et des poux qui avaient élu domicile dans ses haillons, les jeunes gens de son village se retournaient chaque fois qu'ils la croisaient.

Un jour, elle fut huée par une bande de gais lurons qui se prélassaient sur la rive de la rivière qui traversait le village.

« Eh ! Toi, que nous veux-tu ? Eloigne-toi d'ici, avec ta demi-jambe. Tu pues. Regarde-toi, avec ces cheveux crépus. »

Non loin de là, Kulu-la-Tortue qui était venu se désaltérer suivait attentivement la scène. Il observa attentivement Mengue et l'aima.

Après le départ des jeunes gens, Kulu s'approcha de Mengue en larmes et prit l'engagement de la soigner. Aussitôt dit, aussitôt fait.

Pendant les jours et mois qui suivirent cette rencontre, Kulu mit du sien pour transformer

Mengue - qui devint la coqueluche du village Nkolngoak.

Tout le monde parlait de Mengue. Dans les chaumières, on épiloguait sur cette subite métamorphose de celle qui, quelque temps auparavant, était une gueuse. Comment avait-elle retrouvé sa jambe?

Elle marchait normalement et ne souffrait d'aucune infirmité. Sa démarche ondoyante faisait ressortir ses formes sensuelles qui ne laissaient personne indifférent.

Plusieurs prétendants vinrent frapper à la porte de la case de son oncle.

Emgbem-Le lion se présenta le premier :

-Mengue ! dit-il. Veux-tu devenir ma femme ? Tu sais que je suis le roi de la forêt !

- Ah ! Donc je suis fréquentable ! Donc je suis aussi digne d'intérêt ? Non, je te demande de partir.

L'Eléphant vint à son tour. Mballa Meyoh appela sa nièce :

-Ah ! Mengue ! Viens écouter ce que Zoak-l'Eléphant dit.

Mengue répondit :

-Ah ! Je suis devenue une personne fréquentable ? Que viens-tu faire chez nous ? Non, pars.

Son oncle entonna un autre chant pour annoncer l'arrivée du plus beau garçon de Nkolgoak, le nommé Abeng.

Mengue s'approcha de lui, le toisa et dit :

-Ah ! Je suis devenue une personne admirable et fréquentable aujourd'hui ? Non, je ne crois pas ce que j'écoute de ta bouche. Pars.

Vint le tour de Ze-la-Panthère.

-Par mes performances à chasser les animaux, Mengue, tu auras toujours de la viande. Je te veux comme femme. Accepte ma demande et tu ne regretteras pas.

- Ah ! Donc je suis devenue une femme fréquentable ? Non, pars.

Même Nkukuma-le chef du village se présenta :

-Mengue ! Tout ce village est sous mon commandement. Tu auras des serviteurs qui travailleront pour toi. Je veux que tu sois ma femme. Tu seras ma favorite. Je te comblerai de richesses.

-Ah ! Donc tu savais que je suis aussi une personne humaine ? Non, pars.

Les jours passaient et les prétendants ne cessaient de défiler chez Mengue. Toute la gent animale se présenta. Mais Mengue opposait toujours une fin de non recevoir à tous ces prétendants qui l'avaient autrefois humiliée.

Il y avait cependant quelqu'un qui ne s'était pas présenté : c'était Kulu-la-Tortue.

-Moi je ne suis rien ! Je ne sais rien ! Je n'ai rien ! Mais je veux voir Mengue ! disait Kulu. Les gens se moquaient de lui. Il ne pouvait pas prétendre réussir là où de puissants et majestueux personnages avaient échoué, disait-on.

Un matin ensoleillé, il se présenta chez Mengue. Son oncle Mballa Meyoh l'appela :

-Mengue, viens voir qui est là ! Kulu te cherche. Kulu veut te voir. Il est là et veut te voir.

-Ah ! Tiens, Kulu tu es le bienvenu chez nous !

 Ah ! Kulu mon ami !

Tu es celui qui a soigné mes blessures !

Tu es celui qui a enlevé mes chiques !

Tu es celui qui m'a fait retrouver ce que j'avais perdu : beauté, respect, amour !

Viens mon ami ! Viens mon ami !

Viens, tu es mon hôte !

Et en signe de gratitude

Que puis-je te donner

 Si ce n'est moi-même !

Viens, mon mari !

Viens à moi, pour la vie !

C'est ainsi que Kulu-la-Tortue devint l'époux de la belle Mengue.

Chaque acte que l'on pose dans la vie est une semence qu'on met en terre. Et, à tout moment, on peut en récolter les fruits...

V

Nguonso la femme tikar et le chimpanzé

Mouliom, un homme du village de Magba, dans la région Ouest du Cameroun, épousa une femme qui était très coquette et admirée dans tout le village. Elle s'appelait Nguonso. Quelques mois après leur union, Nguonso donna naissance à un garçon.

Elle avait un champ de maïs. Chaque fois qu'elle allait au champ, elle emmenait son bébé avec elle. Pendant qu'elle travaillait, son bébé jouait dans le berceau de fortune fabriqué avec des branches de palmier.

Mouliom qui était un grand chasseur passait le clair de son temps dans la forêt, à visiter et à tendre des pièges. La vie du couple baignait dans une parfaite harmonie.

De temps en temps, Mouliom allait donner un coup de main à sa femme. A chaque visite, il était surpris de voir la grande surface cultivée par son épouse. Il se posait des questions sur la force physique de celle-ci. Il était vraiment étonné de voir les réalisations de sa femme. Comment pouvait-elle, en si peu de temps, défricher une si grande surface et préparer l'ensemencement du maïs sur toute la parcelle ? Les récoltes s'amélioraient au fil des ans et il était devenu à Magba le plus grand producteur de maïs.

Un jour il posa la question à sa femme.

-Ma femme tu travailles beaucoup et je suis très appréciatif de ce que tu fais. Tu fais de grands exploits. Grâce à toi nous sommes aujourd'hui ici à Magba les plus grands producteurs de maïs.

Nguonso qui attendait cette occasion lui répondit, sans détour :

-Je réussis à faire de tels exploits parce que j'ai quelqu'un qui m'aide à garder le bébé quand je travaille.

-Qui est-ce ? lui demanda Mouliom avec impatience.

-C'est un chimpanzé. Oui, c'est un chimpanzé qui garde mon bébé.

-Ce n'est pas vrai ! Tu dis que quoi ?

-C'est vrai. C'est un chimpanzé.

-Un vrai chimpanzé ?

-Oui, mon mari. Il s'appelle Njimon et il est très gentil. Il m'aide beaucoup, et c'est grâce à lui que tu vois tout ce champ fleuri. Chaque fois que je suis fatiguée, il prend le relais et travaille en chantant:

O Femme, de la méchanceté tu seras victime
O Enfant ! Joli cœur ! Joli bébé !
La mort va te frapper !
Mais ce n'est pas de la forêt qu'elle viendra
O Femme ! Si ton enfant meurt

La mort viendra de ton village
Non de la forêt
C'est du village que te vient la mort
Qui apparait sur ton chemin !

Son mari écouta attentivement ce récit et resta perplexe. Fallait-il y croire ? N'est-ce pas extraordinaire ? Il fut cependant frappé par un détail : le chimpanzé. Oui, le chimpanzé lui rendait de très bons services en veillant sur son champ.

Mais en bon chasseur, il pensa aussi que le chimpanzé était aussi une bonne viande et qu'il avait là une chance inouïe de s'offrir un gibier dont ses congénères raffolaient.

Un jour, il s'arma de ses flèches, de sa lance et de son long couteau et s'en fut trouver Nguonso, son épouse, qui était partie très tôt ce jour-là au champ.

Dès qu'il traversa le petit ruisseau qui coulait en contrebas de la parcelle sur laquelle des dizaines de milliers de plants de maïs se dressaient, il se mit à l'affût derrière un gros safoutier dont les branches frôlaient le sol.

De sa cachette il balaya de son regard l'étendue de son champ et localisa l'endroit où se trouvaient Nguonso, Njimon-le-chimpanzé et l'enfant.

La scène qu'il vit le bouleversa. Le bébé sur le dos, le chimpanzé chantait en sarclant les billons.

Pendant ce temps Nguonso enlevait les mauvaises herbes qui étouffaient les plants de maïs.

Mouliom s'avança à pas feutrés et réussit à se placer derrière une touffe de sissongos. Le chimpanzé était à présent clairement dans son champ de mire. Il s'était retourné et le bébé souriait en le regardant. Un grand cri vint de la forêt voisine émis par un animal.

Njimon-le-chimpanzé reprit la berceuse très mélodieuse que le bébé semblait apprécier:

O Enfant ! Joli cœur ! Joli bébé !
La mort va te frapper !
Mais ce n'est pas de la forêt qu'elle viendra
O Femme ! Si ton enfant meurt
La mort viendra de ton village
Non de la forêt
C'est du village que te vient la mort.

Sans plus attendre, Mouliom prit une flèche, la prépara et la plaça sur son arc qu'il tendit de toutes ses forces en visant le chimpanzé. Puis il lâcha.

La flèche fendit l'air en sifflant.

Aussitôt des cris et des pleurs furent entendus au champ.

Nguonso était dans tous ses états. Le bébé venait d'être transpercé de part en part par la flèche du chasseur. Mouliom venait de tuer son propre enfant.

Que s'était-il passé ?

Tous les gestes de Mouliom dans sa cachette étaient suivis par Njimon-le-chimpanzé et ses frères qui étaient dans les environs, aux aguets.

Quand Mouliom a décidé de tuer le chimpanzé avec une flèche, ce dernier a tout simplement attendu qu'il lâche le projectile et au moment où celui-ci est parti il a soulevé le bébé qui est devenu son bouclier. C'est ainsi que le bébé a été tué par son propre géniteur. La douleur de Nguonso fut sans limite.

Elle pleura tout son saoul. Le chimpanzé vint au-devant d'elle et lui demanda :

-Femme, que t'avais-je dit ? Que la mort qui te frappe ne vient pas de la forêt, mais de ton propre village. Voilà que c'est ton mari qui tue son propre fils.

Puis il s'en fut rejoindre ses frères.

.